AF596421

Au meilleur ami de M. de Wailly
à M. L. Delisle
son bien dévoué confrère
H. Wallon

INSTITUT DE FRANCE.

NOTICE

SUR LA VIE ET LES TRAVAUX

DE

M. JOSEPH-NATALIS DE WAILLY

MEMBRE DE L'ACADÉMIE DES INSCRIPTIONS ET BELLES-LETTRES

PAR

M. H. WALLON

SECRÉTAIRE PERPÉTUEL DE L'ACADÉMIE

PARIS

TYPOGRAPHIE DE FIRMIN-DIDOT ET Cie

IMPRIMEURS DE L'INSTITUT DE FRANCE, RUE JACOB, 56

M DCCC LXXXVIII

NOTICE

SUR LA VIE ET LES TRAVAUX

DE

M. JOSEPH-NATALIS DE WAILLY

MEMBRE DE L'ACADÉMIE DES INSCRIPTIONS ET BELLES-LETTRES

PAR

M. H. WALLON

SECRÉTAIRE PERPÉTUEL DE L'ACADÉMIE.

Messieurs,

L'Académie me pardonnera d'ajourner encore l'éloge de plusieurs des membres qu'elle regrette, pour lui parler, sans tarder davantage, du doyen cher et vénéré que nous avons perdu. M. Natalis de Wailly occupait, non pas seulement par son ancienneté, mais par son dévouement à la Compagnie et sa participation à nos travaux, une place si considérable parmi nous qu'on ne saurait être blâmé de devancer l'ordre des temps pour vous retracer son image. Puissé-je, en essayant de la reproduire ne pas trop affaiblir la vive impression qu'elle a laissée dans vos cœurs?

Joseph-Noël ou Natalis de Wailly naquit à Mézières le 10 mai 1805. Il était d'une ancienne famille d'Amiens, et son nom en indique sans doute la première origine. Noël-François de Wailly, son grand-père, littérateur de mérite, qui publia entre autres ouvrages une grammaire française et un vocabulaire français, très estimés au siècle dernier, fut, en novembre 1795, l'un des membres de la troisième classe de l'Institut (*Littérature et Beaux-Arts*). Son père, Noël-François-Henry de Wailly, était, quand il se maria, le 12 floréal an XII (1er mai 1804), secrétaire du général Andréossy, et quand il mourut le 28 mars 1816, contrôleur principal des contributions indirectes dans le département des Ardennes. Le jeune Natalis se trouvait alors au collège Henri IV, où son oncle Étienne-Augustin de Wailly remplissait les fonctions de proviseur, où ses cousins Barthélémy-Alfred, Gustave et Jules ont obtenu de si brillants succès. Lui-même, après de solides études dans ce collège et à Sainte-Barbe-Rollin, fit son droit et fut reçu licencié le 1er août 1827 (1). Il n'avait pourtant aucun goût pour les carrières où mène la science du Code et du Digeste, et ses premiers écrits n'indiquaient pas non plus la voie qu'il devait suivre en littérature ou en politique; il dé-

(1) Renseignements fournis par M. Bergounhioux, neveu de M. de Wailly, à M. Georges Edon, professeur au lycée Henri IV, qui les a reproduits dans une intéressante notice. M. Bergounhioux a fait réimprimer les discours prononcés aux funérailles de Noël-François de Wailly, son bisaïeul. — Avec la notice de M. Edon, il faut lire celle de M. Paul Meyer, dans la *Romania* (janvier 1887), et le discours prononcé par M. Gaston Paris, non sur la tombe de M. de Wailly (il l'avait interdit), mais à l'Académie, dans la séance qui suivit ses funérailles.

buta sous la Restauration par des articles *Variétés* dans le *National*, puis dans le *Globe*. C'est là qu'il connut Daunou, et en 1830, quand Daunou fut placé à la tête des Archives, il y fut appelé comme chef de la section administrative et domaniale.

Cette entrée aux Archives détermina sa vocation.

Si haut que l'on remonte dans la vie de M. N. de Wailly, on le trouve toujours ce que nous l'avons connu, l'homme du devoir. Il voulait avant tout se rendre bien compte de ce qui relevait de ses attributions. Il trouvait aux Archives, non pas seulement les papiers administratifs des derniers siècles, mais les chartes du moyen âge. Il les fallait lire, il en fallait déchiffrer l'écriture, distinguer les formules, déterminer les dates, et il fit dans cette science assez de progrès pour être jugé capable de l'enseigner aux autres. Ce fut sur l'invitation de M. Guizot qu'il composa et publia en 1838 ses *Éléments de Paléographie* (1), exposé complet de toutes les notions indispensables à la lecture et à l'intelligence des chartes, sans omettre leur principal appendice, les sceaux dont il a dit l'origine et l'emploi, les formes et la matière (2) : science nouvelle qui n'était pas dénommée encore, et qui devait être portée beaucoup plus loin, mais dont il jeta les bases et qu'il sut appliquer lui-même dans plusieurs écrits.

---

(1) Paris, 1838, 2 vol. grand in-4°.

(2) Il a résumé ces notions dans une *Notice sur les sceaux*, que l'on trouve au tome IV (1840) de l'*Annuaire historique*, publié par la Société de l'Histoire de France, et il a fait paraître en outre dans la Bibliothèque de l'École des Chartes (1842-1843), t. IV, p. 476) une *Notice sur une collection de sceaux des rois et reines de France*.

Ses *Éléments de Paléographie* avaient suffi pour marquer sa place parmi les savants et le faire élire, en 1841, membre de notre Académie.

C'est à ce titre que j'ai à parler de lui et c'est dans l'ordre des études de notre compagnie que j'aurai à suivre ses travaux; mais on ne peut négliger ce qu'il a fait de considérable dans les fonctions qu'il a remplies, et ce sont d'ailleurs encore des services rendus, non pas seulement à l'administration, mais à la science.

Le séjour de M. N. de Wailly aux Archives nationales a été marqué par deux séries de mesures d'une importance exceptionnelle. Aux documents administratifs de l'ancienne France s'étaient ajoutés ceux qu'avait produits depuis la Révolution le travail du ministère de l'Intérieur et des grands services qui en ont été successivement détachés. Ils étaient arrivés aux Archives par des versements irréguliers, et cette masse énorme de pièces était empilée pêle-mêle, sans la moindre idée de classement. M. N. de Wailly voulut débrouiller ce chaos. Il se fit un cadre de classement provisoire dont les divisions répondaient, autant que possible, aux différents organes des administrations d'où provenaient ces papiers. Puis il ouvrit lui-même ces cartons, ces liasses, reconnut la nature des pièces qu'ils contenaient et les distribua en tas distincts, selon les divisions du cadre qu'il avait adopté. Ce cadre pouvait alors devenir définitif. M. de Wailly, revenant sur chacune des divisions qu'il y avait faites, mit un ordre approximatif dans les pièces qu'il y avait rangées. Il consacra plusieurs années à ce travail fastidieux, qu'il dut reprendre plusieurs fois en sous-œuvre; et c'est ainsi qu'il constitua la série F, *Administration générale de la France,* série comprenant plus de cinquante mille articles, et où les administrateurs, les économistes, les historiens peuvent, depuis un demi-siècle, se livrer à leurs recherches sans risquer de s'y perdre.

La seconde œuvre importante de M. de Wailly aux Archives est relative aux sceaux du moyen âge. Il avait, nous l'avons dit, posé et développé dans ses *Éléments de Paléographie* les règles de critique à suivre pour leur étude. Il fournit les moyens d'examiner et de comparer ces curieux petits monuments, en décidant l'administration des Archives à créer une collection de moulages. M. N. de Wailly en fait honneur à M. Letronne : associons-le au mérite de l'éminent garde général et des successeurs de M. Letronne qui ont continué et étendu après lui cette opération si utile à plusieurs titres. Cette mesure, en effet, ne livre pas seulement aux archéologues les exemplaires exacts des pièces qui font l'objet de leur étude, elle en assure la conservation; car la matière est fragile, et la libéralité même avec laquelle on communique les chartes, munies de sceaux, au public peut hâter la destruction totale ou partielle de ces précieux accessoires.

M. N. de Wailly avait passé en 1852 de la section administrative à la section historique, d'où l'Empire expulsait Michelet. Ce n'est pas lui, on le peut croire, qui avait sollicité ce changement, et deux ans plus tard, ayant peu à se louer de la nouvelle direction des Archives, il accepta volontiers d'aller à la Bibliothèque impériale remplacer son fidèle ami, notre vénérable maître M. Guérard, dans les fonctions de conservateur du département des manuscrits.

Il y resta pendant seize ans, faisant respecter et aimer tout à la fois son autorité par une fermeté et une bienveillance également appréciées de ses subordonnés et du public; et ici, que puis-je faire de mieux que de reproduire textuellement cette courte note de celui qui fut son collaborateur, puis son successeur, et toujours le plus cher de ses amis :

« Il doit être surtout loué, me dit M. Léopold Delisle, pour avoir énergiquement combattu et fait échouer des projets qui auraient désorganisé les collections du département des Manuscrits, en apportant, avec des richesses nouvelles, un nouvel élément de trouble dans les collections des Archives nationales (1);

« Pour avoir tenu la main, comme avaient commencé à le faire ses prédécesseurs, MM. Hauréau et Guérard, à ce que tous les articles du département des Manuscrits fussent régulièrement cotés et portés sur des inventaires;

« Pour avoir, de ses propres mains, soumis à un rangement uniforme et régulier les 25700 volumes du fonds français;

« Pour avoir mis à la libre disposition des travailleurs les instruments de recherche, réservés jusqu'alors à peu près exclusivement aux fonctionnaires de l'établissement. »

La carrière administrative de M. de Wailly suffirait pour faire connaître tout l'homme : application scrupuleuse au devoir, netteté et justesse dans les vues, fermeté dans

---

(1) Voyez pour l'éclaircissement de cet article la brochure intitulée la *Bibliothèque nationale et les Archives de l'Empire*, Paris, 1863.

l'exécution. Ce sont ces mêmes qualités que l'on rencontre dans ses travaux d'érudit.

A peine entré dans l'Académie, on l'associa à un des labeurs les plus considérables de la Compagnie, à la publication des *Historiens de France,* continuation de l'œuvre des Bénédictins qui veut un zèle et un dévouement de Bénédictin. Il en publia le tome XXI avec M. Guigniaut, qui ne réclama jamais que le soin de relire après lui les épreuves (1855), le tome XXII avec M. L. Delisle (1865), le tome XXIII avec MM. L. Delisle et Jourdain (1876). Il imprima à cette grande publication un caractère nouveau. Il avait compris que les chroniques, surtout à partir du XIIIe siècle, ne suffisent point pour nous renseigner sur la chronologie des événements, sur la personne des acteurs, sur le jeu des institutions. Depuis longtemps des critiques, pour contrôler, compléter et rectifier les récits des annalistes et des biographes, avaient eu recours aux lettres et aux chartes ; M. de Wailly crut qu'il était nécessaire d'introduire les documents de ce genre dans le corps du Recueil. La décision qu'il fit prendre par l'Académie à cet égard fut donc un acte d'une grande portée, et l'on en peut juger aujourd'hui que l'on a les volumes entre les mains. Les comptes du XIIIe siècle qu'il a publiés, notamment les tablettes de saint Louis, de Philippe le Hardi et de Philippe le Bel, offrent les renseignements les plus précieux aux historiens; ils serviront d'exemple aux éditeurs. Ajoutons que M. de Wailly, qui ne négligeait rien, dressa lui-même la table du tome XXI sur un plan excellent, qui a été suivi pour les autres.

Les trois volumes auxquels M. de Wailly a mis son nom

sont consacrés à la période comprise entre l'avènement de saint Louis et la mort du dernier fils de Philippe le Bel. Notre confrère se trouvait ainsi amené à l'histoire du XIIIe siècle, l'apogée du moyen âge. Il en voulut éclaircir les points les plus obscurs : c'était son devoir d'éditeur et ce fut l'objet des dissertations qu'il publia, soit comme appendices aux *Historiens de France*, soit comme traités particuliers dans la collection de nos *Mémoires* ou dans celle des *Notices et extraits des manuscrits*. Notons dans les *Historiens de France* la dissertation *sur les dépenses et les recettes de saint Louis,* insérée au tome XXI et la préface du tome XXII; dans nos Mémoires, plusieurs études critiques sur les textes destinés au précédent recueil : Geoffroy de Beaulieu, etc. (1). Ajoutons un mémoire sur un opuscule anonyme, écrit sous Philippe le Bel par un avocat du roi, qui commence par des vœux pour la paix perpétuelle et continue d'une façon plus pratique en exposant une nouvelle tactique pour abattre les ennemis du royaume et une recette pour abréger les procès (2).

Les travaux de M. de Wailly sur les historiens de cette période ne le détournaient pas de ses premières études.

---

(1) *Examen critique de la Vie de saint Louis par Geoffroy de Beaulieu* (1844); il en établit l'authenticité. — *Notice sur une chronique anonyme du XIIIe siècle* (même année). — *Notice sur Guillaume Guiart* (1846), chronique sur Philippe le Bel de plus de 11 000 vers. — *Examen de quelques questions relatives à l'origine des chroniques de Saint-Denys :* — *Mémoires de l'Académie des Inscriptions*, t. XV, 2e partie, p. 403, t. XVII, 1re partie, p. 479. — *Bibl. de l'École des Chartes,* t. V, p. 205; 2e série, t. I, p. 389; t. III, p. 1.

(2) Mémoire sur un opuscule anonyme intitulé *Summaria brevis et compendiosa doctrina felicis expeditionis et abbreviationis guerrarum ac litium regni Francorum* (1847). (*Mém. de l'Acad. des Inscriptions*, t. XVIII, 2e partie, p. 435.)

Après avoir réuni les notions générales de la paléographie pour l'instruction des autres, il en fit lui-même l'application dans des recherches originales. Tel est, pour la paléographie proprement dite, son mémoire *sur des fragments de papyrus écrits en latin et déposés au cabinet des antiques de la Bibliothèque royale, au musée du Louvre et au musée des antiquités de Leyde* (1) : fragments appartenant à des rescrits impériaux et relatifs à la rescision d'une vente, à la restitution d'un salaire, etc. Tel est encore, pour la diplomatique, son petit mémoire sur les *dates des lettres de Clément V*. Jusqu'à lui, on avait fait commencer les années de Clément V du jour de son élection au trône pontifical. M. de Wailly prouva, par des rapprochements indiscutables, qu'il les fallait prendre du jour de son couronnement ; et par là il n'a pas seulement rétabli la chronologie des actes de ce pontife, il a conduit à d'autres rectifications de même sorte : on a, depuis, reconnu, en effet, que d'autres papes, comme Clément V, ont compté les années de leur pontificat du jour de leur intronisation.

M. de Wailly ne se bornait pas à la critique des textes qu'il publiait ; il savait en user pour initier ceux qui devaient y recourir après lui aux solutions des points les moins éclaircis : témoin son *Mémoire sur les tablettes de cire conservées au Trésor des Chartes* (1848). L'abbé Lebeuf, qui avait fait un savant travail sur les tablettes de cire et en avait montré l'usage dans les comptes jusqu'au XVIIIe siècle, avait laissé de côté ces dernières, comme indéchiffrables, et les croyait de Philippe le Hardi ou de Philippe le Bel (2).

(1) Lu le 11 et le 18 mars 1842 (*Mém. de l'Acad. des Inscrip.*, t. XV, p. 399).
(2) *Mém. de l'Acad. des Inscrip.*, 1re série, t. XX, p. 247.

M. N. de Wailly les a suffisamment déchiffrées pour établir qu'elles sont du règne de saint Louis (1). Ce mémoire fut suivi de deux autres de même nature : en 1855, *Recherches sur le système monétaire de saint Louis,* et en 1856, *Mémoire sur les variations de la livre tournois depuis le règne de saint Louis jusqu'à l'établissement de la monnaie décimale,* avec six tableaux qui permettent de résoudre les questions si délicates de la valeur intrinsèque des monnaies à toute époque intermédiaire (2). — C'est une œuvre capitale. Jusque-là les économistes et les historiens n'avaient pour se guider dans ces évaluations si difficiles, si nécessaires, que les tables données par Leblanc dans son *Traité historique des monnaies de France depuis le commencement de la monarchie jusqu'à présent* (Paris, 1690); mais ce livre, indépendamment des inexactitudes que l'on y pouvait relever, s'arrêtant à 1690, avait le grave inconvénient aujourd'hui de laisser presque deux siècles en dehors de ses tableaux. On sentait le besoin d'un ouvrage fait sur des textes mieux vérifiés et plus complets, qui s'étendît jusqu'à l'époque présente; et toutefois les plus entreprenants pouvaient reculer devant un travail qui exigeait plus d'une condition : car il fallait, pour le faire avec autorité, un homme qui réunît à la connaissance du moyen âge la pratique du calcul. M. de Wailly s'y dévoua. Il connaissait le moyen âge; s'il ne s'était senti suffisamment préparé pour le reste, il se serait fait mathématicien, tant il apportait de scrupule dans l'accomplissement des tâches qu'il s'imposait.

(1) *Mém. de l'Acad. des Inscr.*, 2e série, t. XVIII, 2e partie, p. 536; et addition à ce mémoire (1851), *ibid.*, t. XIX, 1re partie, p. 489.

(2) *Ibid.*, t. XXI, 2e partie, pp. 114 et 177.

Tout en se livrant à ces calculs minutieux et à ces discussions ardues, M. de Wailly ne dédaignait pas de reprendre une question qui était du domaine commun de l'histoire, une question anciennement déjà résolue, mais contestée par de grandes autorités et qu'il croyait bon de mettre définitivement hors de doute : celle *de la date et du lieu de la naissance de saint Louis*. Il établit, contrairement à Du Cange et à Labbe, mais conformément à l'opinion de Tillemont, que la date de la naissance est le 25 avril 1214 et non 1215, et il confirma, nonobstant des controverses du dernier siècle, la tradition historique qui en a fixé le lieu à Poissy (1).

Des trois grands rois du XIIIe siècle, celui qui devait avoir les préférences de M. de Wailly, c'était saint Louis, et l'historien qui devait l'attirer le plus, le principal historien de saint Louis, le sire de Joinville. Notre confrère n'avait pas à le publier dans le recueil des *Historiens de France* : la chose était fait au tome XX ; mais il le pouvait mettre, par une édition plus maniable, à la portée du plus grand nombre. C'est ce qu'il fit en 1865 par une version publiée chez Hachette. Il pouvait faire mieux encore : c'était de réunir le texte à la traduction, car le texte seul eût trouvé difficilement des lecteurs dans le public. Le texte et la traduction en regard furent ainsi donnés dans l'édition qui parut chez Hadrien Leclère, deux ans après (1867). Mais le texte qui nous est resté n'est pas du temps de Joinville : il date d'une cinquantaine d'années après sa mort, et les copistes l'ont altéré en le rapprochant

---

(1) 1865. *Mém. de l'Acad. des Inscr.*, t. XXVI, 1re partie, p. 173.

de la langue qu'ils parlaient eux-mêmes. Cinquante ans, c'est beaucoup dans le mouvement de transformation du langage à une époque où rien ne le fixait. M. de Wailly résolut de donner un texte qui, moins conforme aux manuscrits, eût le mérite de se rapprocher plus de l'original.

C'est ici que l'on doit surtout admirer le dévouement de M. de Wailly à la science. La philologie, en matière de langue française, n'existait pour ainsi dire pas, quand il était entré dans la carrière de l'érudition : elle était née quand on fit, vers le milieu de ce siècle, des recherches plus approfondies sur les monuments de notre ancienne littérature; elle grandit sous ses yeux par les travaux de jeunes savants qui sont devenus ses confrères. Lorsqu'il commença à s'occuper de vieux français, ses anciens élèves pouvaient devenir ses maîtres dans une étude qu'il n'avait pas eu besoin de pratiquer jusque-là : il ne craignit pas d'aller, pour ainsi dire, à leur école. Arrivé au seuil de la vieillesse, il se fit étudiant. Grâce à la justesse de son esprit, à la rectitude de sa méthode, à la sagesse, à la circonspection de ses procédés et à sa ferme volonté de savoir, il en vint au point de mettre la main à l'œuvre avec l'assurance que ce qu'il tentait, il saurait l'accomplir.

Pour nous donner une *Histoire de saint Louis* aussi rapprochée que possible de l'original, il fallait retrouver la langue de Joinville. Il la chercha en faisant d'abord un *Recueil des chartes originales en langue vulgaire* tirées de sa chancellerie (1867) (1). Avec ces documents, dont il avait

(1) *Bibl. de l'École des Chartes*, 6e série, t. III, p. 537. Il publia en outre en 1870 une *charte originale de Joinville du 27 juillet 1264*, qu'il n'avait pas

pu grossir le nombre grâce aux obligeantes communications de M. de Fleury et de notre confrère actuel, M. Paul Meyer, il put se faire une idée générale de la langue qui se parlait au temps et aux alentours de Joinville et que Joinville par conséquent avait dû parler, et il en fit l'objet d'un mémoire qu'il lut devant notre Académie. Faire connaître l'orthographe de cette langue dans ses rapports avec la grammaire et la prononciation, malgré les altérations qu'elle a dû subir sous la plume des copistes, voilà ce qu'il se proposait. Il le fit en prenant pour cadre : 1° les parties du discours, les temps des verbes, etc., 2° les sons divers des voyelles et des consonnes (1); et il se composa un vocabulaire auquel chacun pouvait recourir, comme lui, pour rectifier l'orthographe des manuscrits (1868).

C'est alors qu'il publia pour la Société de l'Histoire de France l'*Histoire de saint Louis, texte ramené à l'orthographe*

---

connue à l'époque de la précédente publication (*Bibl. de l'École des Chartes*, t. XXXI, p. 133).

(1) Il résumait les résultats de son travail dans cette conclusion : « Lorsque j'ai entrepris ce mémoire, je n'ai pas eu la prétention de découvrir des théories nouvelles, mais j'ai pensé que, tout en m'appuyant sur des règles déjà connues, je pourrais y rattacher des observations qui ne seraient pas inutiles à l'étude de nos anciens dialectes. Il m'a paru en outre qu'il était toujours bon de constater, avec précision, jusqu'à quel point ces règles ont été observées dans un temps et dans un lieu déterminés. Si je n'ai pas atteint ce but, j'espère du moins m'être préparé à rétablir par des corrections certaines ou probables plusieurs caractères essentiels de la langue de Joinville et pour ainsi dire les traits les plus saillants de la physionomie qu'elle avait dans le manuscrit original. Je ne me dissimule pas qu'une telle tentative peut soulever plus d'une objection; mais j'ai la confiance qu'on me tiendra compte de la méthode qui a dirigé ces recherches et du soin que j'y ai apporté. » (*Mém. de l'Acad. des Inscr.*, t. XXVI, 2e partie, p. 328.)

des chartes du sire de Joinville (1868) (1), et c'est le texte qu'il reproduisit, en y joignant une traduction, dans la splendide édition de la maison Didot (1874) (2). Publication où le problème n'était pas résolu en tout point : il était le premier à le reconnaître et il en témoigna publiquement dans sa lettre à notre confrère M. Gaston Paris, juge si compétent en cette matière (3) ; mais qui n'en réunit pas moins les suffrages des savants les plus autorisés (4) : car on ne pouvait que louer sa méthode et constater les résultats qu'il avait déjà obtenus. Il avait bien mérité de l'école française en montrant les services que la philologie, parvenue au point où nos savants l'ont fait arriver, peut rendre à la littérature historique.

Avec Joinville et avant Joinville, notre langue avait compté un grand historien au moyen âge, l'historien de la quatrième croisade et de la conquête de Constantinople, Geoffroi de Ville-Hardouin. M. de Wailly, s'étant acquitté de tous ses devoirs envers l'historien de saint Louis, ne pouvait négliger son illustre prédécesseur. Il voulut donc publier un texte meilleur de Ville-Hardouin. Mais pouvait-on remonter aussi au texte original? Ici le genre de

(1) *Histoire de saint Louis par Jean sire de Joinville*, suivie du *Credo* et de la *Lettre à Louis X*, texte ramené à l'orthographe des chartes du sire de Joinville. Paris, Renouard (1868).

(2) Jean sire de Joinville, *Histoire de saint Louis*, *Credo* et *Lettre à Louis X*, texte original accompagné d'une traduction. Paris, Firmin-Didot, 1874, grand in-8° illustré.

(3) *Romania*, III, 486-493.

(4) Voyez, entre autres, l'article de M. Boucherie : *Étude critique sur l'ouvrage de M. de Wailly intitulé Mémoire sur la langue de Joinville*. Angoulême, 1870. Extrait du *Bulletin de la Société archéologique de la Charente*, 4e série, t. VI, 2e partie, p. 385.

documents dont il s'était servi pour retrouver la langue de Joinville lui faisait défaut. Point de chartes de la chancellerie de Ville-Hardouin où l'on pût voir comment on parlait ou comme on écrivait dans sa maison. On n'avait donc, pour constituer le texte, que la comparaison des principaux manuscrits : c'est le travail que M. de Wailly entreprit et dont il offrit au public les prémices dans sa *Notice sur six manuscrits de la Bibliothèque nationale contenant le texte de Geoffroy de Ville-Hardouin* (1872) (1). Puis il publia chez Didot sa grande édition de Ville-Hardouin (2).

M. de Wailly avait été amené aux études philologiques par des scrupules d'éditeur sur le vrai texte de nos deux grands historiens, Ville-Hardouin et Joinville. Il était devenu philologue par amour de l'histoire, il le resta par amour de la langue.

C'est ainsi qu'il se plut à recueillir des chartes du XIIIe siècle ou à comparer des manuscrits de chronique en langue vulgaire, pour y étudier la grammaire et l'orthographe du siècle de saint Louis (3); mais il revenait tou-

(1) *Notices et extraits des manuscrits,* t. XXIV, 2e partie, p. 1. Ce volume n'a été publié qu'en 1876.

(2) *La conquête de Constantinople par* GEOFFROY DE VILLE-HARDOUIN, *avec la continuation de* HENRI DE VALENCIENNES, texte original, accompagné d'une traduction. Paris, Firmin-Didot, 1872. — Il ajouta en 1874 à son travail des *Éclaircissements* que l'on trouve dans l'édition suivante : I. sur la chronique d'Ernoul; II. sur la chronique de Robert de Clary; III. sur les incidents de la croisade; IV. sur la valeur intrinsèque des monnaies; V. des armes défensives; VI. des armes offensives et des engins; VII. du vêtement; VIII. langue et grammaire de Ville-Hardouin; IX. langue de Henri de Valenciennes; X. extraits textuels des manuscrits.

(3) *Recueil des chartes en langue vulgaire provenant de la collégiale de Saint-Pierre d'Aire en Artois* (1870) et l'année suivante (1871) des *observations*

jours plus volontiers à Joinville. En 1872, il publiait un mémoire sur *Joinville et les Enseignements de saint Louis à son fils* (1); en 1874, sur le *Romant ou chronique en langue vulgaire dont Joinville a reproduit plusieurs passages* (2). On y peut joindre un petit mémoire sur un fait qui se rapporte encore à l'histoire de saint Louis : *Récit du XIIIe siècle sur la translation faite en* 1239 *et en* 1241 *des saintes reliques de la Passion* (3). Il s'agit d'un texte découvert par notre regretté confrère M. Miller et dont notre confrère M. Riant, avec sa grande sagacité, sa divination d'érudit, avait soupçonné l'existence : c'est quelque chose, moins l'importance scientifique assurément, comme la découverte de Neptune sur les calculs de Le Verrier.

M. de Wailly ne se contentait pas de nous donner par ses notices et ses mémoires des modèles de critique. Il s'intéressait aux travaux des autres et prenait la part la plus active et la plus fructueuse à nos discussions. Longtemps

---

grammaticales sur le texte de ces chartes. (*Bibl. de l'École des Chartes*, t. XXXI, p. 261 ; t. XXXII, p. 291.) Les chartes furent données en appendice à la suite du mémoire, quand il fut imprimé dans le recueil des *Mémoires de l'Académie*, t. XXVIII, 1re partie, p. 135. — En 1876, une *Notice sur six manuscrits contenant l'ouvrage anonyme publié par M. Louis Paris sous le titre de Chronique de Rains* suivie d'*observations sur la langue de Reims au XIIIe siècle*. (*Notices et extraits des manuscrits*, t. XXIV, 2e partie, p. 289 ; et *Mém. de l'Acad. des Inscr.*, t. XXVIII, 2e partie, et encore p. 287.) En 1881, deux travaux de même genre : *Notice sur les actes en langue vulgaire du XIIIe siècle contenue dans la collection de Lorraine à la Bibliothèque nationale* (*Notices et extraits de manuscrits*, t. XXVIII, 2e partie, p. 1). — *Observations grammaticales sur les actes des amans notaires*, (*amanuenses*) *de Metz qui sont dans la collection de Lorraine* (*Mém. de l'Acad. des Inscript.*, t. XXX, 1re partie, p. 303).

(1) *Mém. de l'Acad. des Inscr.*, t. XXVIII, 1re partie, p. 263.

(2) *Ibid.*, 2e partie, p. 179.

(3) 1878. *Bibl. de l'École des Chartes*, t. XXXIX, p. 401.

avant qu'il fût notre doyen, sa voix faisait autorité parmi nous en matière de règlement ou de coutume. Il fut deux fois président de notre compagnie : la première fois, en 1852. L'usage n'était pas encore établi que le président fît une allocution en ouvrant notre séance publique; mais il dut, à ce titre, prendre la parole aux funérailles des deux secrétaires perpétuels qu'à un mois d'intervalle l'Académie avait perdus, MM. Walckenaer et Eugène Burnouf (1); l'un, mourant plein de jours, sa tâche bien achevée; l'autre, enlevé dans toute la maturité de l'âge et l'éclat du talent, quinze jours après que l'Académie, comme pour le rattacher plus étroitement à elle et le retenir à la vie, l'avait élevé à cette place qu'il aurait pu occuper encore aujourd'hui.

L'année 1876, où M. de Wailly fut président pour la seconde fois, ne lui épargna pas davantage ce devoir douloureux. En deux mois, janvier et février, nous perdions quatre de nos plus éminents confrères : MM. Mohl, marquis de la Grange, Ambroise Firmin-Didot et Guigniaut. Dans notre séance publique, au début de son discours, il rappelait d'une voix émue ces grands coups que la mort avait portés dans notre compagnie, et en quelques pages il retraçait avec tant de vérité les traits les plus saisissants de leur figure qu'on les croyait revoir encore sur nos bancs (2). C'est le même hommage qu'il rendit à deux

---

(1) 29 avril et 30 mai 1852. Recueil de l'Institut, t. XXII, n° 13.

(2) Recueil de l'Institut pour 1876, t. XLVI, n° 17. On retrouvera dans le même recueil le discours qu'il prononça sur la tombe de M. Didot (26 février 1876) et de M. Guigniaut (14 mars). Pour M. Mohl, le discours fut prononcé le 7 janvier par M. A. Maury, président non remplacé encore de l'an-

autres de nos confrères qu'il pouvait si bien faire connaître les connaissant si bien : M. Letronne, sous lequel il avait fait aux Archives les choses capitales que nous avons dites (1), et M. Guérard, qu'il avait remplacé à la Bibliothèque dans la conservation des manuscrits (2)

L'activité de M. de Wailly ne pouvait pas se renfermer dans les limites de l'Académie. L'administration qui avait su apprécier ses grands services aux Archives nationales ne manqua pas de réclamer aussi son concours dans l'organisation des Archives de nos départements. M. de Wailly fut appelé par le ministre de l'intérieur, le comte Duchâtel, au sein de la commission chargée de ce travail, et il y fit admettre un principe qui, de l'aveu de tous les juges compétents, a été le salut de ces dépôts : le principe de l'intégrité des fonds. On ne comprend plus guère aujourd'hui qu'il ait pu être mis en question ; mais en 1841, quand M. de Wailly le fit prévaloir, l'expérience n'en avait pas démontré les avantages, et les traditions suivies à l'hôtel Soubise y étaient tout à fait contraires. Il y avait donc double mérite à le faire adopter.

Un autre établissement où M. de Wailly portait de tout cœur sa sollicitude, c'est l'École des Chartes. Il était de l'École par ses travaux, par ses goûts, par ses affections.

---

née qui venait de s'écouler, et M. le marquis de la Grange ne fut pas enterré à Paris. Dans l'intervalle de ses deux présidences, M. de Wailly, en qualité de conservateur de la Bibliothèque, avait rendu ce dernier devoir à son collègue et confrère M. Hase au lieu et place du directeur absent, 24 mars 1864. (*Ibid.*, t. XXXIV, n° 9, p. 41.)

(1) *Revue archéologique*, 1848, t. V, p. 619.

(2) *Notice sur M. Daunou par M. B. Guérard,* suivie d'une *Notice sur M. Guérard par M. N. de Wailly*. Paris, Dumont, 1855.

L'École, qui n'avait pu l'avoir pour élève, l'aima toujours comme un maître. Même avant d'entrer au conseil de perfectionnement, il y exerça la plus grande et la plus salutaire influence sur les doctrines à enseigner comme sur les méthodes à suivre. Entré dans le conseil dont il devint le président après la mort de M. Hase, il y introduisit pour les examens des procédés d'une si parfaite justesse que les décisions du jury ne peuvent être et, de fait, n'ont jamais été critiquées. L'École des Chartes s'honora toujours des travaux de M. de Wailly comme d'un des siens. Elle leur ouvrit son Bulletin et lui-même aimait à lui en donner la primeur. La plupart des mémoires qu'il lut devant l'Académie parurent, de l'assentiment de la Compagnie, dans ce Bulletin avant de prendre leur place dans notre collection.

M. de Wailly fut aussi membre du Comité des travaux historiques et de la Société de l'Histoire de France. Là aussi, il a toujours usé d'une autorité que l'on ne contestait pas pour faire accepter les solutions les plus pratiques, et prévenir des agrandissements ou des déviations de plan qui eussent compromis le succès des plus louables entreprises. Notre confrère M. L. Delisle, qui eût fait mieux que moi cet éloge et qui du moins ne m'a pas refusé son concours, m'a signalé ce fait. Le jour où il s'agit de recueillir en un vaste répertoire la nomenclature des lieux de la France, il combattit le projet de réunir en une seule série alphabétique les noms du territoire tout entier et fit adopter l'idée de diviser le travail en autant de volumes que la France compte de départements. La division de la France en départements est chose factice sans doute ; mais au bout d'un siècle traversé par tant de révolutions on peut croire qu'elle sera durable. Si le premier système avait prévalu, on aurait amassé pendant des années des matériaux qui n'auraient pu être mis en œuvre et qui seraient indéfiniment demeurés stériles. Grâce à la division du travail proposé par M. de Wailly, nous possédons aujourd'hui, pour une vingtaine de départements, des dictionnaires qui, en présentant par un relevé comparatif, les formes anciennes et les formes modernes d'une multitude de noms de lieu, apportent un grand secours aux travaux d'histoire et de philologie.

Un moment vint pourtant où notre confrère voulut se dégager de tous ces liens, hors celui qui l'unissait à nous. La vieillesse s'avançait; elle le laissait intact et d'esprit et de corps; mais il en voyait le terme et il voulait se recueillir. Il se retira donc de tous les comités, même de nos commissions; il se retira du conseil de perfectionnement de l'École des Chartes, il donna sa démission de conservateur des manuscrits à la Bibliothèque nationale. A l'École des Chartes, il était sûr que la présidence qu'il abandonnait passerait en bonnes mains. Il n'avait pas moins de sollicitude pour la succession qu'il laissait à la Bibliothèque; or il quittait la Bibliothèque au mois de septembre 1870, en pleine révolution, lorsqu'il y avait tant de candidats inattendus pour les places vacantes et même pour les places occupées; et cependant il se retirait avec confiance. M. Jules Simon était ministre de l'Instruction publique. M. Léopold Delisle devint, en attendant mieux, conservateur du département des manuscrits.

M. N. de Wailly avait été cruellement éprouvé dans sa vie domestique. Il avait de bonne heure perdu sa femme et l'enfant qu'elle venait de lui donner (1834). Ce grand deuil laissa dans son âme une empreinte qui se lisait sur sa physionomie dans le recueillement, et toutefois s'effaçait dans le commerce du monde. Il ne parlait à personne du malheur qui l'avait frappé, il ne disait rien qui pût en rappeler le souvenir. Mais dans un coin de sa bibliothèque on pouvait remarquer, auprès de ses livres, un petit cadre qui renfermait l'image d'une tombe; et quand il nous arrivait d'accompagner avec lui les restes mortels d'un confrère au Père-Lachaise, nous nous apercevions, après la cérémonie, qu'il ne revenait pas avec nous. « Les grandes douleurs sont muettes. » On en pouvait trouver chez lui un exemple, et une autre cause lui avait donné la force d'ensevelir en soi sa douleur. Il avait auprès de lui sa mère et reportait sur elle toutes ses affections; il la voulait heureuse. Comment l'eût-elle été, si elle l'avait vu plongé dans la tristesse? Il avait donc su triompher de sa peine. Il n'avait rien changé aux habitudes d'une vie que sa mère partageait. Il était allé habiter avec elle dans une maison de Passy, où elle pouvait jouir d'un jardin. Il y attirait les personnes qu'elle aimait à voir, et lui-même rendait ces réunions charmantes par l'agrément de sa conversation qui avait je ne sais quoi de vif et de piquant, sans que personne eût jamais à en souffrir. Tel se montrait-il dans ses relations avec ses confrères. Il aimait à rendre de bons offices à tous; il y mettait une cordialité et une bonne grâce qui en doublait le prix. Et que dire de son intimité, de son dévoûment, de son affection pour ses amis? avec quelle sollicitude il les visitait, malades ou infirmes, apportant avec sa bonne humeur dans leur intérieur attristé les distractions de la vie du dehors; et dans les maisons où il trouvait des enfants, comme il aimait à s'en voir entouré, avec quelle bonhomie il se mêlait à leurs jeux, partageant nos joies de famille, sans laisser soupçonner qu'elles lui rappelassent à lui-même un bonheur évanoui pour toujours!

Quand il perdit sa mère (janvier 1871), il commença à se retirer de plus en plus du monde, se préparant à rejoindre les êtres qu'il avait tant aimés. C'est vers ce temps qu'il se démit de tous ses titres officiels; mais en renonçant aux fonctions publiques et aux travaux des comités littéraires, il était loin de n'avoir voulu que le repos. Il voyait auprès de lui à Passy cette grande école professionnelle des Frères qu'il couvrait de son patronage tout officieux; il y avait là les écoles d'enfants et toutes les œuvres de la paroisse. Il visitait les pauvres, les malades : eux seuls pourraient dire les soulagements qu'il assurait à leur misère, les consolations qu'il apportait à leurs souffrances. Il était, dans les actes de bienfaisance, d'une prodigalité qui s'ignorait elle-même. Les communautés auxquelles il s'intéressait se faisaient scrupule de lui dire leurs besoins, trop assurées qu'il y voudrait pourvoir au risque de se gêner lui-même. Pour les écoles, il y trouva plus à faire qu'en 1871 il n'aurait pu le croire, lorsque la République, dont il ne pensa jamais beaucoup de bien — (il prenait un malin plaisir à me le dire) — lorsque la République passa aux mains des hommes qui avaient pris pour maxime : *Le cléricalisme, c'est l'ennemi*. M. de Wailly ne se méprit jamais sur le sens du mot, et il craignit que cet amour de la liberté, qui faisait bannir des écoles tout enseignement religieux, ne menât droit à l'athéisme. Or il croyait que la crainte de Dieu est le commencement de la sagesse, aujourd'hui comme toujours, et la sauvegarde des sociétés. Il se donna donc tout entier à l'établissement et au soutien des écoles libres. Président du comité de Passy, il en était non pas le trésorier mais le receveur général, un receveur (chose rare) qui savait tirer de sa caisse plus qu'on n'y avait mis. Avec lui point de déficit. Quand les besoins allaient croissant, les ressources s'élevaient toujours au niveau de la dépense. Il ne réclamait qu'une chose : c'est qu'on ne lui demandât point la liste de ses souscripteurs, ou comment il s'y prenait pour arriver à ce résultat miraculeux. Les écoles ne méconnaissaient cependant point la main bienfaisante qui les aidait à vivre ; et c'est pourquoi, au jour de ses funérailles, ces troupes d'enfants, petits garçons et petites filles, lui firent un cortège, que sa rigueur à bannir, par acte de dernière volonté, toute pompe de cette suprême cérémonie n'avait pu en éloigner; car s'il avait interdit les discours, il n'avait pas refusé les prières, et ces enfants priaient pour lui.

En 1884, nous avions bien pu craindre que ce dernier jour ne fût venu. Un érésipèle mit pendant plus d'un mois sa vie en danger; chaque semaine, l'Académie recevait avec anxiété les plus récentes nouvelles de sa maladie, et ses amis n'attendaient pas jusque-là pour les aller prendre. Il en revint; il reparut parmi nous, aussi entier que nous l'avions vu avant cette rude épreuve. C'est que son œuvre n'était point encore terminée et qu'une chose manquait au couronnement de ses travaux. Il s'occupait de l'*Imitation de Jésus-Christ*. Il voulait faire de ce livre presque sacré une édition qui le rendît tel que son auteur l'avait composé; mais pour cela il fallait remonter aux plus anciens manuscrits, les comparer, les ranger par familles, et par cette voie remonter, s'il était possible, à la source même. C'était un long travail, plus long assurément qu'aucun de ceux qu'il avait entrepris jusque-là. En attendant, laissant les variantes du texte, il en voulut faire une version qui fût à la portée de tout le monde. Comme il cherchait le bien et non l'honneur de mettre son nom à la traduction d'un livre dont l'humble auteur avait su rester inconnu, il s'aida d'une ancienne traduction, n'hésitant point à la prendre préférablement à la sienne quand il la jugeait meilleure; mais son travail alla plus loin. L'*Imitation* est un livre à méditer. Afin de soutenir le lecteur dans la méditation, il accompagna chacun des chapitres d'une réflexion sur un des articles dont il se compose. Pour le quatrième livre qui traite du divin mystère dans un dialogue intime entre le Maître bien-aimé et le Disciple fidèle, il reproduit pieusement des prière tirées des Pères, des saints ou des docteurs. Pour les autres, il y joint des réflexions qui sont de lui, avec une courte prière qui en est comme le fruit naturel; et rien ne montre mieux à quel degré de perfection chrétienne, c'est-à-dire de foi, de charité, d'humilité, notre savant confrère était arrivé en se pénétrant ainsi de la substance des livres saints.

Citons seulement cette réflexion sur la mort qu'il avait vue de si près et qu'il attendait, en chrétien, à son heure :
« *Bienheureux qui a toujours l'heure de sa mort devant*
« *les yeux et qui se prépare chaque jour à mourir* (I, XXIII, 2).
« Ce n'est pas la mort subite qui est le plus à redouter,

« c'est la mort imprévue. L'une est un accident contre « lequel la prudence ne peut rien; il atteint ceux-là même « qui cherchent le plus à l'éviter. L'autre est un danger « qui ne menace que les imprudents, et auquel on est « toujours libre d'échapper. N'essayons donc pas de fuir la « mort subite, mais fuyons le péché afin d'être toujours « prêts à bien mourir. Fuyons le péché dans le présent, « mais retournons aussi dans le passé pour y retrouver « la trace de nos anciennes fautes, et ne nous lassons pas « d'en évoquer le souvenir. N'attendons pas la dernière « heure pour faire cette longue revue dans l'amertume de « notre âme; c'est une besogne qu'on a besoin de recom- « mencer souvent pour la bien faire. C'est ainsi que la « pensée de la mort, entretenue dans notre âme, nous « aide à purifier le passé par le repentir, à sanctifier le « présent par les bonnes œuvres, et à nous fortifier pour « le dernier combat. »

C'est quand il eut achevé ce livre qu'il fut emporté après quelques jours de maladie (4 décembre 1886) (1) : nous n'en pouvions prévoir l'issue si prompte. Il y était tout préparé.

Il laissait après lui une mémoire digne d'envie. Son caractère franc et ouvert, son esprit bienveillant, son humeur toujours égale, et volontiers enjouée, faisait qu'on s'attachait de plus en plus à lui, à mesure qu'on le connaissait davantage. Il n'y eut jamais amitié plus solide, plus éclairée, plus sincère et plus sûre. Ses travaux resteront comme des

(1) Chevalier de la Légion d'honneur, le 10 mars 1839; officier, le 14 août 1868.

modèles et comme des instruments d'étude, en même temps, pour ceux qui s'occuperont du moyen âge. Qui voudra lire Joinville ou Ville-Hardouin, dans leur forme la plus pure, fera usage du texte et connaîtra le nom de M. de Wailly. Ces deux éditions en perpétueront le souvenir tant que dureront nos deux grands historiens; mais son dernier petit livre, par les réflexions où il a mis toute son âme, sera son meilleur titre à la seule immortalité qui ait fait l'objet de ses vœux.

LISTE CHRONOLOGIQUE

DES OUVRAGES

DE M. NATALIS DE WAILLY.

1838. *Éléments de Paléographie*, 2 vol. grand in-4°.

1840. *Notice sur les sceaux*, insérée au t. IV de l'*Annuaire historique* publié par la Société de l'histoire de France.

1843. *Notice sur une collection de sceaux des rois et reines de France.* (*Bibliothèque de l'École des Chartes,* t. IV, p. 476.)

Mémoire sur des fragments de papyrus écrits en latin et déposés au cabinet des antiques de la Bibliothèque royale, au musée du Louvre et au musée des antiquités de Leyde, avec *fac-similé.* (*Mémoires de l'Académie des Inscriptions,* t. XV, 1re partie, p. 399.)

1845. *Examen critique de la vie de saint Louis par Geoffroy de Beaulieu.* (*Mémoires de l'Académie des Inscriptions,* t. XV, 2e partie, p. 403, et *Bibliothèque de l'École des Chartes,* t. V, p. 205.)

Notice sur une chronique anonyme du XIIIe siècle. (*Bibliothèque de l'École des Chartes,* 2e série, t. I, p. 389.)

...? *Recherches sur la véritable date de quelques bulles de Clément V.* (Réimprimé en 1851 dans le *Dictionnaire de statistique religieuse,* col. 81-86, t. IX de la *Nouvelle Encyclopédie théologique*.)

1846. *Notice sur Guillaume Guiart.* (*Bibliothèque de l'École des Chartes,* 2e série, t. III, p. 1.)

Examen de quelques questions relatives à l'origine des chroniques de Saint-Denys. (*Mémoires de l'Académie des Inscriptions,* t. XVII, 1re partie, p. 379.)

1847. *Mémoire sur un opuscule anonyme intitulé :* Summaria brevis et compendiosa doctrina felicis expeditionis et abbreviationis guerrarum et litium regni Francorum. (*Mémoires de l'Académie des Inscriptions,* t. XVIII, 2e partie, p. 435, et *Bibliothèque de l'École des Chartes,* 2e série, t. III, p. 273.)

1849. *Notice sur M. Letronne.* (*Revue archéologique,* t. V, p. 619.)

Mémoire sur Geffroi de Paris. (*Mémoires de l'Académie des Inscriptions,* t. XXVIII, 2e partie, 495.)

Mémoire sur les tablettes de cire conservées au Trésor des Chartes. (*Mémoires de l'Académie des Inscriptions,* t. XVIII, 2e partie, p. 586.)

1851. *Addition au mémoire sur les tablettes de cire conservées au Trésor des Chartes.* (*Ibid.,* t. XIX, 1re partie, p. 489, et *Bibliothèque de l'École des Chartes,* 3e série, t. I, p. 393.)

1852. *Discours prononcé aux funérailles de M. Walckenaer.* (*Recueil de l'Institut,* t. XXII.)

Discours prononcé aux funérailles de M. Eugène Burnouf. (*Ibid.*)

1855. *Recueil des Historiens de France,* t. XXI; t. XXII (1865); t. XXIII (1876); publiés au nom de l'Académie des Inscriptions, avec la collaboration de MM. Guigniaut, Léopold Delisle et Jourdain.

Dissertation sur les dépenses et les recettes ordinaires de saint Louis. (T. XXI des *Historiens de France,* p. LIII.)

Notice sur M. Daunou par M. B. Guérard, suivie d'une *Notice sur M. Guérard par M. N. de Wailly.* (Paris, 1 vol. in-8°.)

1857. *Recherches sur le système monétaire de saint Louis.* (*Mémoires de l'Académie des Inscriptions,* t. XXI, 2e partie, p. 114.)

Mémoire sur les variations de la livre tournois, depuis le règne de saint Louis jusqu'à l'établissement de la monnaie décimale. (*Ibid.,* p. 177.)

1863. *La Bibliothèque impériale et les archives de l'Empire. Réponse au rapport de M. Ravaisson.* (Paris, 1 vol. in-8°.)

1864. *Discours prononcé aux funérailles de M. Hase.* (*Recueil de l'Institut,* t. XXXIV.)

1866. *Mémoire sur la date et le lieu de naissance de saint Louis.* (*Mémoires de l'Académie des Inscriptions,* t. XXVI, 1re partie, p. 173, et *Bibliothèque de l'École des Chartes,* 6e série, t. II, p. 105.) (La seconde édition est de 1867.)

Histoire de saint Louis par le sire de Joinville. (Éd. Hachette.)

1867. *Œuvres de Jean, sire de Joinville,* texte et traduction. (Hadrien Leclère.)

Recueil des Chartes originales de Joinville en langue vulgaire. (*Bibliothèque de l'École des Chartes,* 6e série, t. III, p. 557.)

1868. *Mémoire sur la langue de Joinville*, avec les *Chartes originales de Joinville en langue vulgaire*, 1239-1315. (*Académie des Inscriptions*, t. XXVI, 2e partie, p. 189, et *Bibliothèque de l'École des Chartes*, 6e série, t. IV, p. 329.)

Histoire de saint Louis, suivie du *Credo* et de la *Lettre à Louis X*, texte ramené à l'orthographe des chartes du sire de Joinville. (Renouard, 1 vol. in-8°.)

1870. *Charte originale de Joinville du 27 juillet 1264*. (*Bibliothèque de l'École des Chartes*, t. XXXI, p. 133.)

Recueil de Chartes en langue vulgaire, provenant de la collégiale de Saint-Pierre d'Aire en Artois. (*Bibliothèque de l'École des Chartes*, t. XXXI, p. 261.)

1872. *Observations grammaticales sur des Chartes françaises d'Aire en Artois*. (*Mémoires de l'Académie des Inscriptions*, t. XXVIII, 1re partie, p. 135, et *Bibliothèque de l'École des Chartes*, t. XXXII, p. 291.) (La seconde édition est de 1874.)

Mémoire sur Joinville et les Enseignements de saint Louis. (*Mémoires de l'Académie des Inscriptions*, t. XXVIII, 1re partie, p. 263.)

Notice sur six manuscrits de la Bibliothèque nationale, contenant le texte de Geoffroy de Ville-Hardouin. (*Notices et extraits des manuscrits*, t. XXIV, 2e partie, p. 289.)

La Conquête de Constantinople par Geoffroi de Ville-Hardouin, avec la continuation de Henri de Valenciennes, texte original accompagné d'une traduction. (Paris, Didot, grand in-8°.)

Ville-Hardouin et Joinville (Paris, Didot, in-4°), lu dans la séance publique de l'Académie des Inscriptions.

1874. JEAN, SIRE DE JOINVILLE, *Histoire de saint Louis, Credo* et *Lettre à Louis X*, texte original accompagné d'une traduction. Paris, Firmin-Didot, 1874, grand in-8° illustré.

La Conquête de Constantinople de Ville-Hardouin. Éclaircissements.

Mémoire sur le Romant ou chronique en langue vulgaire dont Joinville a reproduit plusieurs passages. (*Mémoires de l'Académie des Inscriptions*, t. XXVIII, 2e partie, p. 169.)

Lettre à M. Gaston Paris sur le texte de Joinville. (*Romania*, t. III, p. 487.)

1876. *Discours prononcé aux funérailles de M. Ambroise-Firmin Didot*. (*Recueil de l'Institut*, t. XLVI.)

1876. *Discours prononcé aux funérailles de M. Guigniaut.* (*Ibid.*)

Notice sur six manuscrits contenant l'ouvrage anonyme publié par M. Louis Paris sous le titre de Chronique de Rains suivie d'*Observations sur la langue de Reims au XIIIe siècle.* (*Notices et extraits des manuscrits,* t. XXIV, 2e partie, p. 289.)

Observations sur la langue de Reims au XIIIe siècle. (*Mémoires de l'Académie des Inscriptions,* t. XXVIII, 2e partie, p. 287.)

1878. *Récit du XIIIe siècle sur la translation faite en* 1239 *et en* 1241 *des saintes reliques de la Passion.* (*Bibliothèque de l'École des Chartes,* t. XXXIX, p. 401.)

Notice sur les actes en langue vulgaire du XIIIe siècle contenus dans la collection de Lorraine à la Bibliothèque nationale (*Notices et extraits de manuscrits,* t. XXVIII, 2e partie, p. 1.)

1879. *Notice sur un livre d'heures donné par l'impératrice Marie-Louise à la duchesse de Montebello.* (*Comptes rendus des séances de l'Académie des Inscriptions.*)

1880. *Conversion d'une jeune Russe incrédule.* (Extrait des *Annales de la Congrégation de la Mission,* 13 p. in-8°.)

Observations grammaticales sur les actes des amans de Metz qui sont dans la collection de Lorraine. (*Mémoires de l'Académie des Inscriptions,* t. XXX, 1re partie, p. 303.)

1883. *Addition au Mémoire sur la langue de Joinville.* (*Bibliothèque de l'École des Chartes,* t. XLIV.)

...? *Berthe de Mornay, fille de la Charité, sa vie et ses écrits,* précédés d'une préface par M. Natalis de Wailly. (Paris, imprimerie Merckel, in-8°.)

1885. *Imitation de Jésus-Christ,* traduction nouvelle, augmentée d'une table alphabétique des matières et de réflexions inédites pour chacun des chapitres, ou de prières sur l'eucharistie, empruntées à de saints personnages (Angers, 1 vol. in-12).

Paris. — Typ. Firmin-Didot et Cie, impr. de l'Institut, rue Jacob, 56. — 23432.

www.ingramcontent.com/pod-product-compliance
Lightning Source LLC
LaVergne TN
LVHW052015160826
845678LV00003B/1062

* 9 7 8 2 3 2 9 6 4 8 2 3 1 *